Geburtstag 1

Geboren
Auf die Welt gekommen
Ins Leben getreten

An diesem Tag?
Ein einmaliges
Ein besonderes Ereignis?
Vorbei – erinnerungslos?

Du bist älter geworden
So viele Kerzen
So viele Jahre

Einmal im Jahr
Geburtstag

Feierst freudig
Oder nicht
Stehst jetzt
Mitten im Leben –

Heute ist dein Geburtstag
Auch wenn der Kalender
Ein anderes Datum schreibt

Geburtstag 2

Achtundvierzigjährig neu geboren
Auf einer Brücke
Den Kopf zuunterst
Wiederbeleber als Geburtshelfer

Tapsig
Gedankenverloren
Entdecke ich
Was ich war
Um so zu bleiben?
NEIN

Danach

Es ist schon seltsam
Du glaubst
Du hättest dich verändert
Dein Leben gewendet
Doch plötzlich
Haut es dich um
Warum?
Du fühlst in dir Scham
Bist zerknirscht
Stellst alles in Frage
In deiner Lage –
Es gab keine Warnung?
Das macht dich so unsicher –
Doch du wurdest gerettet
Unter glücklichen Umständen
Das macht dich froh
Und von der tagelangen Nacht
Weißt du nichts

Mehr oder weniger geplagt
Hast du wem oder was nachgejagt
Einfach zuviel gehetzt
Was tust du jetzt?
Es ist Zeit
Zu Ehrlichkeit

Vor dir selbst
Zur Anerkennung von Grenzen
Zur Klärung von Differenzen -
Verlasse deinen Kerker
Aus altem Ärger
Genährt mit Schuld und Sorgen
Lebe heute dein Leben
Mit Freude
Und bleibe froh –
Denn von der tagelangen Nacht
Weißt du nichts

Abschied

Etwas geht
Etwas bleibt
Was geht?
Was bleibt?

Trennung

Es ist vorbei
Die Trennung vollzogen
Letzte Stiche vom Gegenüber
Ein Lebensabschnitt besiegelt!?
Etwas fällt von mir ab
Läßt mich los
Angespannte Aufgeregtheit
Gleitet über
In innere Ruhe –

Etwas wird immer bleiben

Zwei Wege

Du bist den Weg
Nicht mit mir gegangen

Sei ruhig – sag jetzt nichts – still
Nimm's in dich auf
Oder laß es

Ich konnte nur
Einmal mit Gewalt
Mir Gehör verschaffen
Aber nur vorübergehend

Denn taub wurdest du
Sehr schnell wieder

Ich kann's sehen an meinen Notizen
Du könntest es sehen aus meinen Zeilen
An dich

Ich bin meinen Weg zögerlich gegangen
Die Angst ließ mich öfters stehenbleiben
Verharren – wieder rückwärts gehen
Kamst du deswegen nicht mit?

Ich fürchtete am Ende meines Weges
Allein dazustehen – ohne meine Liebe zu dir
Wollte, daß du mitkommst

Du bist den Weg
Nicht mit mir gegangen
Zwei Wege
Tun sich jetzt auf
Zwei Wege
In eine offene Zukunft

Meiner Mutter zum 80.

Achtzig Jahre Leben
Sind nicht jedem gegeben
Viel erlebt
Selten geschwebt
Meist bestrebt
Für andere zu sorgen
Hast du in Freud und Leid
Überstanden die Zeit
Kannst nun seit einer Weile
Ohne Hast und Eile
Dein Leben gestalten
Die verbliebenen Kräfte entfalten
Wir – der eine nah, der andere fern –
Besuchen dich gern
Und sind wir nicht da
In Gedanken dir trotzdem nah
Freuen wir uns auf noch manch munteres Treiben
Und bitten den lieben Gott – es möge so bleiben
Und sagen ihm Dank aus vollem Hals
Daß er dich leben läßt in unsrer goldigen Pfalz

Meiner Mutter zum 81. Geburtstag

Die Zeit verstreicht
Als ob es gestern war
Sitz' ich hier
Und schreibe dir
Ein Gedicht
Das auf dich paßt
Weil du schon wieder
Geburtstag hast
Und das Schöne
Für mich ist
Auch wenn du mich
Konkret vermißt
Bin ich morgen da
Dir in Gedanken nah
Vor einundachtzig Jahren
Bist du geboren
Ein langes Leben
Kein Tag war verloren
Und im Anblick der Berge
Dem Grün und der Seen
Wünsch' ich, es möge geschehen
Daß dich – dir und uns zur Freude –
Gottes schöne Welt
Noch so lang erhält
Wie du gern hier weilst

Und in Liebe mit uns dein Leben teilst
Zum Schluß will ich noch danken
Für mein Leben
Denn ohne dich und meinen Vater
Hätt’s mich nie gegeben

Falsch eingestiegen

In die Gegenrichtung fahrend
Es drückt nichts
Es drängt nichts
Kurz hinter Annweiler
Vor meinem inneren Auge
Ein Bild
Wenige Minuten alt:
Links vor mir
Ein schmutzigrotes Sandsteintor
Überbleibsel der Vergangenheit
Rinnthal
Mir gegenüber
Das Grün ausladender Bäume
Mit dem Schattenspiel
Ihrer vom Herbstlicht
Durchfluteten Blätter
Hinterweidenthal
Dahinter strahlt weiß
Ein krumm gewachsenes Fachwerkhaus
Erst kürzlich renoviert
Rinnthal
Zu meiner Rechten zeigt
Das mächtige Gasthaus
An der Stelle notdürftig verputzt
Wo sich einst

Ein Quergebäude anlehnte
Annweiler
All dies umrahmt
Einen grau gepflasterten Platz
Unter blauer Himmelsdecke
Edenkoben
Angenehm satt von einer
Pizza Verdura
Freue ich mich noch
Über die farbigen Hängegeranien
Neustadt/Weinstr. HBF
Bahnhofssprecher
Die Geräusche
Ein- und ausfahrender Züge im Ohr
Warte ich
Nach einem schnellen Bier
Brezelkauend
Auf meinen Anschlußzug
Der Fluß meiner Gedanken
Schließt niemanden aus –
Ein ratternder Güterzug
Jetzt – ist er weg
Und ich
Bin auf dem Weg

In Leick's Hof*

Ich sitz' hier und trinke ein Bier
Dann kommt Nummer zwei – ich bin gut dabei
Nach zwei kommt drei – ich fühl' mich frei
Es kommt noch ein Bier – jetzt sind es vier

Mit dem fünften Glas spüre ich Gas
Trink' auch das sechste – pack' ich das nächste?
Nach Bier Nummer sieben könnt' ich alle Menschen lieben
Gebe nicht acht – schon wird das achte gebracht

Über Bier Nummer neun kann ich mich noch freu'n
Bei Bier Nummer zehn möchte ich gehn -
Das elfte ist getrunken – bin ganz in mich versunken
Mit dem zwölften – o wie toll –
Bin nicht nur ich – sondern auch das Dutzend voll

Ich will nach Haus und geh' hinaus
Doch wie man sich denken kann – ich komm' nicht gut voran
So bin ich heim gehoppelt
Und nicht nur mein Blick – auch mein Weg war verdoppelt

---

* Die für mich schönste Kneipe in Siersburg (Saarland)

Geständnis

Hätt’ ich sie wirklich all’ getrunken
Hätt’ ich tierisch nach Bier gestunken
Und das Gedicht wär’ jetzt nicht hier
Statt dessen stünd’ vor mir
Das dreizehnte Bier

Sonntagsspaziergang

Wir fuhren los
Hieß das Dorf nun Untermoos?
Egal – trotz Deutschlands Niederlagen*
Gab es für uns rein gar nichts zu klagen
Sorgenfrei
Weil Regenschirm dabei

Ab dem Haus vom Kameramann
Geht's dann flott den Berg hinan
Nur Maxi, der Hund, überhaupt nicht weise
Ihn interessiert nur am Boden die Sch…
Und mein Freund – ich seh' ihn dauernd springen
Den Dackel vor Autos in Sicherheit bringen

Weiter geht's, und eh ich mich's versehe
Red' ich von meiner vergangenen Ehe
Von Dingen, die gewesen
Von denen ich genesen

An einer schönen Linde die zwei Reiter
Grüßen die Maxi
Wir ziehen weiter
Auf den Rottach-Speicher fällt unser Blick
Unsre Gedanken wandern zurück
Als wir zogen daher
Damals bei der Bundeswehr

Mein Freund weiß noch von dem Marsch
Nächtens mit dem Liebau-A... –
Na ja, er war nicht so verkehrt
Nur ein bißchen militärisch gestört –
Erinnern uns an Kameraden
Inzwischen aus unserem Blick geraten

Bis wir einen älteren Vierbeiner sehen
Mit roten Hinterpfoten gehen
Der alte Knabe schließlich bellt
Als sich unsre Dackeldame zu ihm gesellt

Wir reden noch von unsren Lebenssituationen
Was wir taten und tun, damit die Schulden sich
lohnen
Spüren den Wind – bekommen Hunger und Durst
Finden in einem Gasthaus ‚Hefe'**, Gulaschsuppe
und Wurst

So haben wir ein Weilchen dagesessen
Haben auch die Bedürfnisse von Maxi nicht
vergessen –
Daß es zu Haus fast halb drei war, hat uns kein
bißchen gestört
Dieser Spaziergang war's auf jeden Fall wert
*

* bei der Fußball-WM
** Hefeweißbier

Nur eins noch

O je!
Wie ist das so gemein!
Da sitz' ich nun und würd' gern schreiben
Doch gar nichts fällt mir ein
Gut – dann laß ich's einfach bleiben

Nur eins noch
Ich kann's mir nicht verkneifen:
Wie vielen geht's genauso …
Und sie tun's doch
Das kann ich nicht begreifen

2 Stimmungen

Leben ist …

Leben ist Werden
Leben ist Wachsen
Wennst nicht aufpaßt
Brichst dir die Haxen

Leben ist Singen
Leben ist Lachen
Wenn's dir zu bunt wird
Machst einfach andere Sachen

Leben ist Ärger
Leben ist Last
Wenn's dir nicht gefällt
Sag, was dir nicht paßt

Leben ist ernst
Leben ist heiter
Wenn du mal müd' bist
Geht's eben langsamer weiter

Leben ist Freude
Leben ist Lust
Wenn dir das fehlt
Schau, was du tust

Leben fängt an
Leben hört auf
Wenn's an der Zeit ist
So ist nun mal des Lebens Lauf

Was soll ich nur machen?

Ich hasse das Mittelmaß
und
Fürchte mich vor den Extremen
Ich fürchte die Eintönigkeit
und
Meide die Abwechslung
Ich leider unter Einsamkeit
und
Fühle mich unwohl in Gemeinschaft
Ich fühle mich verachtet
und
Beachte mich selbst nicht
Ich liebe das Leben
und
Wo es pulsiert, überfällt mich Angst

Was soll ich nur machen?

Langeweile

Langeweile
Langweiliges Leben
Das Leben ist langweilig
Wo ist Leben?
Langweiliges Leben?
Ich – langweilig?
Völlig unmöglich!

Auf der Achterbahn der Gefühle

Du lachst vor Angst
In dir schreit es verletzt
„Hurra“
Gerätst in Ekstase
Im Auf und Nieder
Ersäufst im Wirrwarr
Deiner Stimmungen
Zitternd
Um dein bißchen Leben

Du bleibst drauf
Obwohl du
Längst schon
Entgleist bist
Und erfreust dich
An dem bißchen
Durch Rückgratverkrümmung
Gewonnenen Glück

Stimmung

Glocken klingen
Sonne in meinem Nacken
Der Wind will meine Blätter umschlagen
Ich schaue mich an
Bin hier
Spüre meine überkreuzten Beine
Die Mauer unter mir

Die Glocken sind verklungen
Autogeräusche in der Ferne
Ich atme tief durch
Nehme nochmals Wärme in mich auf
Und gehe wieder ins Haus zurück

Ich werde

Leben ist schön

Ich hab' mich lieb
Behalte, was blieb
Vergess', was mich trieb

Hab' mich befreit
Von Bitterkeit
Von unnützem Leid
Und die Eitelkeit?

Die macht nicht heil
Drum setz' ich sie aufs Altenteil
Ist das nicht geil?

Lebensfreude – Freude am Leben

Ein gutes Frühstück
Ein lieber Blick
Ein Glas Wein
Ein Stelldichein
Essen beim Franzosen
Der Duft von Dornenrosen
An einer kühlen Cola saugen
Das Lächeln von Kinderaugen
Abendbrot im Kerzenlicht
Keine Angst vor dem Jüngsten Gericht
Des Kirchturms Glockenschlag
Die vielen Gesichter vom Tag

Sich im Bett rekeln und strecken
Im Traum sich selbst entdecken
Im Dunkel der Sternennacht
Im Schoß einer höheren Macht

Manchmal

Manchmal
Seh' ich mich
Wie von außen
Wundre mich
Welche Kräfte in mir hausen
Bin mir mal fremd
Und mal vertraut

Manchmal
Zerstör' ich
Was ich mir mühsam aufgebaut
Beginne von neuem
Hör' wieder auf
Lass' den Dingen ihren Lauf
Bis Angst mich packt fest im Genick
Find' langsam ich wieder zu mir zurück

Manchmal
Beginne ich dann das Spiel aufs neue
– Brach mehr als einmal mir die Treue –
Frag' mich
Wie lange ich das noch so mach'
Wart' ich auf den großen Krach?

Er war doch schon da – der Zusammenbruch
Brauch' nicht mehr zu suchen in einem schlauen
Buch
Nach Lebensweisheiten und Verhaltensregeln –
Will einfach leben!
Und zwar mit Freude
Den Anfang dazu mach' ich
Heute

Hoffnung

Für das Schöne – da sind wir zu zwei'n
Die Scheiße – bewältige bitte du allein
Ich weiß – das stimmt nicht so
Nur manches Mal empfind' ich so –
Dann tu ich mir leid
In meiner Einsamkeit
Bis in meinem Innern ein kleines Licht
Die tiefe Dunkelheit durchbricht

Ich fühl' mich allein
Und es tut mir gut, allein zu sein

Ich will es bewahren, dies kleine Licht
Nein – ich lösch' es nicht
Es soll brennen in meinem Haus
Erst mit dem letzten Atemzug blas' ich's aus
Ich werd's dann wohl nicht mehr brauchen
Denn zum guten Schluß gleite ich sacht
Hinein in eine taghelle Nacht

Angst vor Verlust

Angst vor Verlust
Tötet die Lust
Raubt dir die Freude
Macht dich zur Beute
Und du wirst blind
Staubkorn im Wind

Bleibt sie unbesehen
Zu lange bestehen
Ist es geschehen

Sucht und Liebe

Sucht
Ist der Schrei der
Seele
Aus Hunger nach
Liebe

Liebe
Ist die Nahrung der
Seele
Und läßt die
Sucht
Schlafen

Drum:
Nicht länger schreien
Nicht länger hungern
Zeit
Dich und mich
Zu nähren mit
Liebe

Momentaufnahme

Gedankenverloren
Ohne verlorene Gedanken
Der äußeren Kälte nachspürend
Voll innerer Wärme
Wohlig müde
Voll Vorfreude
Auf „meine“ Montagsstunde
Sitz’ ich einfach da
Und werd’ gleich gehen
Weil das Café schließt

Sonntagmorgen 1

Ich wache auf
Bin gut drauf
Neben mir atmet warm
Meine Liebe, mein Schwarm
Meine Hand
Von ihrer Haut gebannt
Findet den Rücken
Zu zärtlichem Drücken
Jetzt meine Finger
Die frechen Dinger
Sie necken
Wohliges Strecken
Ist sofort
Die Antwort
Gefolgt von einer Wende
Auf den Rücken ganz behende –
Meine Hand ertastet den Bauch
Der freut sich auch
Dann folgen die Beine
Sie bleiben auch nicht gern alleine
Und schließlich send' ich an ihre Füße
Noch ganz liebe Grüße
Zurück nach oben
Meine Hände ihren Busen loben
Und um die zehnte Stund'

Find' ich ihren Mund
Zum Schluß ihren Schoß
Ganz weich, lieb und groß –
Läute weiter, Glocke – läute
Zu unserer Freude
Sie tut's
Und im Klang der Töne
Fühlen wir unser Leben, das schöne

Sonntagmorgen 2

Für einen Augenblick
Spürte ich
Tief in mir
Die Augen geschlossen
Wahnsinn
Angst
Nach außen könnte er treten
Eines Tages
Mich fortspülen
Nicht wachsen sollte
Das Wahnsinnige –
Aufstehen
Schreiben
Meine Gefährdung
Wahrnehmen
Sie faßbar machen
In Worten
Den Wahnsinn
Dem Dunkel entreißen

Herbststimmung

Herbstlich bunte Blätter tanzen
Wirbeln leicht und fröhlich durch die Luft
Raschelnd, krachelnd meine Füße stampfen
Durch frisch gefall'nes Laub mit seinem feuchten Duft
Schlanke Bäume lassen sich tragen
Und wiegen von dem böigen Wind
Ich spür' Veränd'rungen in mir – tausend Fragen
Gleich einem naseweisen Kind

An einem Regentag im November

Trüb-verhangen ist die Welt
Nebelschwaden ziehen
Prasselnd Novemberregen fällt
Ich möchte gerne fliehen

Sehne mich
Nach Sonne, ihrer Wärme und dem Licht
So sitz' ich da gedankenschwer
Verhangen auch meine Sicht

Nicht ganz –
Ich gesteh' mir ein:
Es gibt nicht den geringsten Grund
Für Selbstmitleidsgejammer
Denn ich bin – geborgen und fein –
Zu Haus in meiner Kammer

3 Liebe (n)

Ich komme zu dir …

Ich komme zu dir
Voll Hoffnung
Mit meiner Liebe
Meinen Ängsten
Meinen Stärken
Meinen Schwächen

Ich komme zu dir
Zu deiner Liebe
Deinen Ängsten
Deinen Stärken
Deinen Schwächen
Deiner Hoffnung

Ich komme zu dir
Nachdem wir
Uns begegnet sind
Vor einiger Zeit

Wir hatten uns geöffnet
Wieder verschlossen
Wieder geöffnet

Wir hatten uns
Uns geschenkt
Wieder genommen

Wieder und wieder
Werden wir uns
Schenken
Nehmen
Öffnen
Verschließen

Ich komme zu dir
Um mit dir
Zu leben

Getrennt von dir

Getrennt von dir
Atme ich freie Luft
Schau ich mich an
Spür' ich mich
Beim Laufen

Ich halte inne
Ohne anzuhalten
Komme mir näher
Schritt um Schritt
In offener Landschaft

Die Gelegenheit dazu
Gabst du
Aus welchem Grund auch immer
Ich nehme sie wahr
Und so vermisse ich dich nicht

Getrennt von dir
Bin ich mit dir zusammen
Und beende
Mit mir im Einklang
Eine Zeit der Selbstverleugnung

Liebeserklärung

Ich lache
Und du lachst mit
Ich weine
Und du weinst mit
Ich wachse
Und du wächst mit
Ich bin anderer Meinung
Und du auch

Ich hab' dich lieb

Du

Du meine Liebe
Reif Unreife
Sehende Blinde
Blind Sehende
Intolerant Verständnisvolle
Egoistisch Selbstlose
Unterwürfig Herrschende
Lieblos Liebende
Still Laute
Sanft Aggressive

Ich hab' dich gesehen
In deiner Schönheit

Zu zweit

Zusammen leben
Zusammen lieben
Zusammen stehen

Jeder für sich
Der eine für den anderen

Streiten, sich vertragen
Sich sorgen, sich ängstigen

Zusammen leben
Zusammen lieben
Zusammen stehen

Erwachen

Hab' getrunken von dir
Ganz ohne Hast

Trotzdem berauscht
Flossen meine Ströme zu dir

Dein Gesicht – Spiegel meiner Augen
Ruht in meinen Händen

Lächeln begegnet Lächeln
Ein neuer Tag ist da

Tränen

Ich las dir den Brief
Deine Augen röteten sich
Du weintest
Deine Tränen
Kullerten weg
Von dir zu mir
Du sprachst vom Lied
Deiner Mutter
Daß sie zu dir spreche
Zu deiner Schwester
Ich spürte Unbehagen
Versuchte
Mein Gefühl auszudrücken
Das Unbehagen
Verlor sich
Du sprachst weiter
„Im Wald weine ich immer
Da macht es nichts“
„Weine nur – weine bei mir
Ich glaub’ – ich kann schon
Mit deinen Tränen umgehen“
War meine Antwort
Und ich fühlte
Traurigkeit in mir
Bei dem Gedanken

Du könntest nur im Wald weinen
Doch jetzt weintest du
Und ich war ganz nahe
Bei dir –
Ich war der Wald

Augenblick der Zärtlichkeit

Aneinandergeschmiegt
Liegen wir da – still –
Im Gleichklang des Atems
Wo ich aufhöre
Und du anfängst
Ist nichts als Wärme
Ruhe um uns
Ruhe in uns

Die Zeit
Könnte
Stehenbleiben

Aufgehoben

Dich zu spüren
Deine Wärme
Deine Zärtlichkeit
Deine Verletzlichkeit
In der Umarmung
Im Klang deiner Stimme
Berührt mich
Ganz innen

Fern von dir
Fliegen
Meine Gedanken
Meine Gefühle
Hin zu dir
Bringen mich
Zu dir

Ich bin
Aufgehoben bei dir

Frage

Wenn ich lüge
Mich selbst betrüge
Wenn Zweifel mich überfallen
Dunkle Gedanken mich fest krallen
Wenn meine Augen, die sonst so klar
Ohne Glanz sind – leer und starr
Wenn um meinen Mund kein Lächeln ist
Und er die lieben Worte vergißt
Wenn meine Seele nicht atmen kann
Sag – bin ich dann auch noch dein Mann?

Sag mir

Sag mir, was ist
Sag mir, was du vermißt
Sag mir, was du denkst
Sag mir, wo du glaubst, daß du dich verschenkst
Sag mir, was dich von mir trennt
Sag mir, was dich treibt

Ich sag's dir auch
Und das, was bleibt

Überraschung

Unverhofft
War ich gekommen
Und wollte nur stehlen
Ein bißchen vom Glück

Wollt'
Nicht mehr leiden
Am Wirbel
Meiner Gedanken und Zweifel

Du
Hast dich gefreut
Dich am Diebstahl
Beteiligt

In der Wärme
Deines Schoßes
Wich jede Beklemmung
Jede Verzagtheit

Jeder des anderen
Geschenk
Gab's nur dich und mich

So ließest du mich am Morgen
Lachend zurück
Und ich sitz' jetzt da
Und freu' mich
Auf deine Rückkehr

Was ist mit uns?

Ich nahm dich damals
Auf den Arm
Wie man eine Braut
Über die Schwelle trägt
Und dachte für mich
Ja – sie ist nicht zu schwer

Jetzt weiß ich
Daß man den Wind
Nicht mal auf Händen
Tragen kann

Schlaflos

Wenn du mir nicht glaubst
Mich so der Nähe zu dir beraubst
Auf deinem Gesicht ein überlegenes Lächeln steht
Das mir fast den Magen rumdreht
Fühl' ich mich beschissen
Bin innerlich zerrissen

Meinen Körper zieht's zu dir hin
Meine Seele will flieh'n
Doch sie kann nicht hinaus
Und mit der Ruhe ist's aus
So spüre ich Lust
Durchzogen von Frust

Was bleibt zu tun?
Abseits von dir zu ruh'n
Und ganz fest zu denken
Jeder Tag wird mir etwas Neues schenken
Und es stimmt, was ich schrieb:
Ich hab' dich lieb

Wintergedanken

Trübe Gedanken an einem grauen Tag
Halten die Sonne hinter den Wolken zurück

Paare
Die sich verstehen, sind selten:
Zwei Menschen verschwenden ihre Energien
In der Hoffnung, ihre Angst voreinander verbergen zu können
Reden über andere – reden von anderen
Verraten sich – merken es nicht

Ein Mann und eine Frau
Machen sich nieder
Und nach ekstatischer Versöhnung
Beginnt ihr Spiel von neuem
Einer redet auf den anderen ein
Will die Mauer beim Gegenüber durchbrechen
Und stolpert über die eigene

Wie oft wird „Ich liebe dich“
Zur Schlingpflanze des Ego
Und läßt die Liebe selbst
Erschreckt verstummen?

An einem trüben Tag graue Gedanken verscheuchen
Läßt im Herzen die Sonne scheinen und

Der Liebe eine Chance

4 Denk dran

An dich, an jeden

Ich bin
All das
Was du denkst
Daß ich sei
Und doch
Ganz anders

Im Fluß

Fließe …

Halt ihn nicht an
Den Strom des Lebens
Laß dich treiben
Tragen von den Wellen
Spare Kraft
Für die gefährlichen Stellen
Damit du
Ohne Panik
Das Richtige tust
Um nicht unterzugehn
Um zurückzufinden
In ruhigeres Fahrwasser –
Du weißt
Wie's geht …

Neue Wege

Du glaubst rein gar nichts unbesehen
Fragst dich, was bisher geschehen
Fürchtest, dich im Kreis zu drehen
Kannst nicht mehr vor dir bestehen
Möchtest gern im Leben stehen
Auch wenn starke Winde wehen

Ich wüßt' etwas – will's dir gestehen
Manchmal geschieht's gar aus Versehen
Ich glaub' – du wirst's ganz gut verstehen
's gilt auch für mich:

Neue Wege gehen …

Trau dich

Du bewegst dich auf der Erde
Gleichgültig in welcher Richtung
Bleibst du auf der Stelle
Warum begreifst du das nicht?

Du könntest dann nämlich
Stehenbleiben
Und sehen
In dich hineinsehen
Nachschauen
Was dich so sehr von dir selbst trennt

Du hast Angst?
Angst
In dir zu entdecken
Was dich erschrecken könnte?
Was könnte das denn sein?

Deine Schwäche – deine Starrheit
Deine Blindheit – deine Maßlosigkeit
Dein krankhafter Ehrgeiz
Deine Intoleranz – deine Verlogenheit
Gemeinheit – Geilheit – Ziellosigkeit
Deine Süchte nach allem möglichen …?

All das ist in dir
Wie in jedem von uns
Na und …?
Schau doch ruhig hin
Damit du dich kennenlernst

Du hast doch zumindest
Eine Ahnung von dir
Vielleicht noch nicht genug
Doch ist nicht jedes bißchen …
Schon genug?
Wenigstens für den Augenblick?

Reihe sie aneinander
Die Augenblicke
Und du wirst den Horizont erreichen
Wiege dich
Laß die Waage sich einpendeln

Denn du bist gütig – verständnisvoll – froh
Spontan – tolerant – aufgeschlossen
Herzlich und lieb …

Trau dich
Sei's zu dir selbst …

Ich soll – stehenbleiben
Nicht laufen?
Mich nicht bewegen?

Nein – Du mußt laufen
Wie willst du denn sonst
Stehenbleiben?

Daheim

Daheim:
Überall und nirgends –
Kann ich es sehen
Fühlen, riechen, greifen
Festhalten?
Ist es ein Ort
Ein Zustand –
Ein für mich zuständiger Ort
Oder

Ein mir zustehender?

Daheim:
Kann ich etwas dafür tun
Gehört es mir allein
oder
Gehören andere dazu?

Denk dran

Allein bist du nichts auf dieser Welt
Es ist allein die Liebe, die zählt
Und dazu braucht es wenigstens zwei

Du brauchst zu anderen einen Bezug
Alles andere ist Selbstbetrug
Und das Leben geht an dir vorbei

Doch zuerst mußt du dich selbst gewinnen
Erst dann kann alles neu beginnen
Und du fühlst dich endlich wirklich frei

Frei

Frei von innen
Kannst neu du beginnen
Gleich welche Zwänge von außen
Dein Leben pressen wollen
In eine Form
Die nicht zu dir paßt

Frei von innen

Hast du die Kraft

Deinen Weg zu gehen

Innere Zwiesprache

Nicht verzweifeln
Versuchen zu begreifen
Reifen

Nicht sinnlos eilen
Verweilen – Kräfte einteilen
Heilen

Nicht nach „Höherem“ streben
Beispiel geben
Leben

Stets hoffen

Das Ende

Offen

Kraft und Stärke

Kraft und Stärke
Sind uns gegeben

Für
    nicht
        Gegen

Der richtige Zeitpunkt

Es ist Zeit
Hörst du
Es ist soweit
Mach zu
Sonst tut's dir leid

Du bist nicht bereit?
Es fehlt noch …
Eine Kleinigkeit?
Noch nicht Zeit

Für dich?
Richtig

Ein grauer Tag

Ein grauer Tag
Schenk ihm dein Licht
Damit deine Wärme
Die Kälte durchbricht

Illusionen

Millionen
Von Illusionen
Wohnen in dir
Du denkst mit Schaudern
Zieh'n sie aus
Ist niemand mehr in deinem Haus
Wirf sie raus
Ohne Zaudern
Und tausch sie ein
Gegen Träume
Denn – dein Leben
Beginnt sich zu lohnen
Ohne die Millionen
Von Illusionen

Gelten lassen

Laß gelten
Was von deinem Gegenüber kommt
Hör ihm zu – selbst
Dem vermeintlichen Unsinn
Denn das Gesagte gilt
Ob du's zuläßt oder nicht – und
Vielleicht
Sagt's dir was
Über dich selbst

Kleiner Vierzeiler

Leben ohne Liebe
Rast ohne Ruh'
Ziel ohne Streben
Auf der Strecke bleibst du

Gedanken zur Hexe Baba Yaga

Hexensabbat – Hexenjagd
Kinderfangen – abgeschmackt
Ohne Bangen Kinder wachsen
Auch mit Faxen
Vater, Mutter bieten Schutz
Manchmal nur aus Eigennutz
Geht es dabei allen gut
Braucht man sonst nichts anzustreben
Denn so ist das Leben eben

Moral

Frei geboren
Gebrauchst du deine Kräfte
Oder nicht
Ob zu Gutem oder Bösem
Du bist Teil des Ganzen
Und du entscheidest nur
Auf welcher Seite du gerade stehen magst
Gleichgültig
Auf welcher Seite du dann stehst
Setz die andere nicht herab
Denn ihr braucht euch

Zwischenbilanz

Angekommen bei dir
Zu dir gefunden
Nur für Stunden
Oder Tage …

Verkannt hast du
Des Lebensflusses Macht
Die dich mitreißt
Und packt
Daß du nicht weißt
Wo du bist
Dich verlierst
Und alles vergißt

Es gibt keine Ankunft
Keinen dauerhaften Besitz
Das ist der Witz
Täglich mußt du
Dich finden
Sonst entschwinden
Die gesunden Gedanken
Und es bleiben die kranken

Frei hast du dich gefühlt
Den Helden gespielt
Den Retter probiert
Bist dabei fast krepiert
Suchst jetzt deinen Platz
In des Lebens Hatz

Lebe heute

Wo ist, ihr lieben Leute
Nur meine Lebensfreude?
Hab' sie versteckt – hab' sie vergraben
Würd' sie gerne wieder haben
Weiß nicht, wo ich suchen soll
Hab' den Ort vergessen
Hab' den ganzen Tag die Hosen voll
Und nur blöd herumgesessen
Wollt' gern dies, wollt' gern das
Und wußte doch nicht was –
Warum ich sie vergraben hab'?
Ich kann es keinem sagen
Nichts und niemand bringt mich auf Trab
Allein, es schmerzt der Magen –
Ach was soll's, ich such' nicht lang
Fang einfach wieder von vorne an
Und was hör' ich, ihr lieben Leute
Sie spricht mit mir – die Lebensfreude
Sie sagt: LEBE HEUTE

An eins meiner Kinder

Bäume wachsen, wie sie wollen
Manche leider, wie sie sollen
Andere gehen vorzeitig ein
Du sollst nicht unter diesen sein

Leb dein Leben auf deine Weise
Doch auf deiner Lebensreise
Bist du nicht alleine
Und willst du in der Liebe ruh'n
Dann mußt du's selber tun

An einen Namensvetter

Du bist nicht, was die anderen sagen
Die anderen stellen nicht deine Fragen
Oft ist es nötig, *nein* zu sagen
Doch sag *ja* zu *dir* in allen Lagen
Dann kannst auch Schweres du ertragen
Mit Freude – und brauchst nicht zu verzagen

Schritt für Schritt wird dir bewußt
Was du gern und nicht gern tust

Leichtigkeit sich stellt dann ein
Weil du es schaffst, lieb zu dir selbst zu sein

Vieles wird dir dazu geschenkt
Und Liebe wortlos deine Schritte lenkt

Wann ist ein Mann ein Mann?

Ein Mann ist ein Mann
Wenn er alles kann!?

Ein Mann ist kein Mann
Ist er schwach!?

Schau ihn nur an
Ein Held ist ein Mann!?

Liebt er nicht die Gefahr
Ist er kein Mann – ganz klar!?

Wenn er in Liebe
Auf sich selbst und andere
Aufpassen kann – dann
Ist er ein Mann
Genau wie die Frau

Der sichere Platz

Sicherheit im Leben
Sie liegt in dir
Alles ist dir mitgegeben
Und – wo du gerade bist
Da sollst du sein

Oft siehst du's nicht
Im Nebel
Der Verwirrung
Der sich lichtet
Wenn du dich erkennst

Schau dich an

Sich selber sehen ungeschminkt
Ist eine Wurzel von Glück
Wenn es gelingt

Bleib dabei
Und es gibt kein Zurück
Auf einem Weg zur Reife

Trotz der einen oder anderen Schleife
Die du noch einlegst
Wirst du erreichen

Was immer du schon in dir trägst
Und nichts wird mehr
Vergang'nem gleichen

Einmalig

Du –
Auf der Suche
Nach dem *einmaligen* Erlebnis
Dem *ultimativen* Kick:
Verlier' nicht dafür den Blick
Daß – es gibt kein Zurück –
Alles im Leben
EINMALIG is'

Der beste Platz

Alle Menschen streben
Nach dem besten Platz im Leben
„Wo ist er?“ – Viel gestellte Frage
„Den krieg’ ich nie!“ – Oft gehörte Klage
Jeder will erster sein: Das ist die Plage

Die einen versuchen’s mit Stoßen und Treten
Die anderen hoffen durch fleißiges Beten
Wieder andere lassen’s einfach laufen
Ganz Pfiffige wollen ihn erkaufen …

Nur – wo er ist
Finden sie trotzdem nicht raus
Tappen in die Irre – es ist ein Graus!

Du kannst ihn finden – ganz ohne Hast
Auch wenn’s nicht geht ohne Müh’ und Last

Der beste Platz
kann nur der sein, der zu *dir* paßt
Der stets dort ist, wo du gerade bist

5 Zu dir selbst hin

Mein ABC

Anfang
Bereitschaft
Chance
Demut
Ehrlichkeit
Freude
Gelassenheit
Heute
Inventur
Jetzt
Kraft
Liebe
Machtlosigkeit und Mut
Nachsicht
Offenheit
Pause
Quelle
Ruhe
Stärke und Schwäche
Treue
Urvertrauen
Verzeihen
Wärme
XY Höhere Macht
Ziel

Der eigene Weg

Im Nebel
Verschlungen
Immer geradeaus
Nur nach oben
Der Sonne entgegen
Halt
Rückwärts
Abwärts
Vorwärts
Seitwärts
Im Kreis
Mit Ellenbogen
Schleppend
Hastend
Verweilend
Im Dunkel
Allein
Mit Gefährten
Suchend nach dem Ziel
Verzweifelt
Außer Atem
Voller Lust und Freude
Bedrängt
Getrieben
Aufgehalten

Müde
Ruhig
Gelassen
Unbeirrt

Der Weg eines jeden
Die Pfade des Lebens
Alle ausgetreten
Bereits begangen

Schon möglich
Trotzdem gehst
DU
Deinen eigenen Weg
Sonst niemand

Hasten und Rennen

Hasten und Rennen
Ich muß es bekennen
Erspart dir Zeit
Führt trotzdem nicht weit

Rasten und Ruh'n
Du glaubst, nichts zu tun
Ist nicht nur erquicklich
Es macht dich auch glücklich

Bewußt ruhig gehen
Das wirst du verstehen
Kostet nicht viel
Und bringt dich ans Ziel

Im Fluß des Lebens

Ich will mich freuen, daß ich lebe
Nicht so an den Dingen klebe
Und dauernd darauf stieren muß
Daß des Lebens wilder Fluß
Nicht so fließt, wie ich's gern hätt'
Sondern munter in seinem Bett
Hier eine Biegung macht und da einen Knick –
Ich schwimm' mit, blick' mal zurück
Grad so viel, daß ich auch noch spür', was jetzt geschieht
Damit mir nicht der Moment des Augenblicks entflieht
Und ein wenig schaut mein Auge auch nach vorn
Wach wie ein Segler um Kap Horn

Abhängig

Geboren in Abhängigkeit
Aufgewachsen in Abhängigkeit
Gestrebt nach Abhängigkeit
Gefangen in Abhängigkeit
Gelitten an Abhängigkeit

Abhängigkeit verdrängt
Abhängigkeit zugelassen
Abhängigkeit angeschaut
Abhängigkeit erkannt
Abhängigkeit verändert

Ja – ich bin abhängig
Ausschließlich von mir selbst
Von meiner Liebe zu mir
Und dem
Was mich trägt

Mein Herz

Mein Herz muß leiden
Es kann sich nicht entscheiden
Zwischen dem alten und einem neuen Leben

Mein Herz war so offen
So ganz voll Hoffen
Und wollt' soviel erleben

Mein Herz hatte die Ketten gesprengt
Sich selbst jedoch wieder eingeengt
Sich keine Ruhe geschenkt

Mein Herz muß nicht leiden
Es kann sich frei entscheiden
Zu einem neuen Leben

Wahrnehmung

Draußen
Den Pulsschlag der Zeit
Hör' ich – spür' ich

Meinen Herzschlag
Den möcht' ich spüren – und
Auf ihn hören

Vom Umgang mit einem Gefühl

Ich lass'
Meine Verzweiflung
Links liegen
„An mir kommst du so nicht vorbei"
Sagt grinsend
Meine Verzweiflung

Ich lauf'
Meiner Verzweiflung
Einfach davon
„Ich bin allhier"
Ruft
Meine Verzweiflung

Ich unterdrück'
Meine Verzweiflung
Mit aller Macht
„Ich bin König der Ausbrecher"
Brüstet sich
Meine Verzweiflung

Vielleicht
Sollt' ich
Meine Verzweiflung
Annehmen
Und zufriedengestellt
Wird sie mich verlassen

Schuldgefühle

Schuldgefühle, Schuldgefühle
Aus der selbstgebauten Mühle
Seid ihr ein gar giftig Korn
Schaut nur nach hinten – nicht nach vorn

Aus euch ersprießt keine gute Frucht
Seid vielmehr Nahrung
Für Flucht in Sucht

Ich will euch erkennen
Als das, was ihr seid:
Wegbereiter für Frust und Leid

Und seid ihr da – ganz ungefragt
Will ich – damit ihr nicht länger nagt
Euch ansehn

Dann könnt ihr gehn

Entweder oder …

Entweder oder
So oft gehört
Daß es fast mein Leben zerstört
Ich weiß – damit bin ich nicht allein
Entweder oder
Scheint ein Bazillus
Im Leben vieler Menschen zu sein

Schwarz oder weiß
Was für ein Scheiß …

Zu dir selbst hin

Lenkst du deinen Blick
Von außen nach innen
Und schaust in dich hinein
Entdeckst du dein Sein

Vielleicht verlierst du dabei
Den Beifall der Leute
Doch dafür wächst allmählich
Deine innere Freude
Denn du wirst spüren
Wohin deine Gedanken dich führen

Sie werden wandern
Weg vom Urteil der andern
In ein Reich, das dir bisher verwehrt
In deinen Augen von Fremden versperrt

Doch du – mit deinem Blick nach außen
Warst in dir gefangen
Ständig in der Schwebe
Zwischen Hoffen und Bangen
Lagst du in deinen eigenen Ketten
Und wolltest gefesselt andere retten

Jetzt hast du dich getraut
Dir wirklich in die Augen geschaut
Deinen Schatten angenommen
Du bist angekommen – bei dir

Du wirst zu dir stehen
Allein und mit anderen
Auch schwierige Wege gehen
Und deine Augen strahlen hell
Verschwunden das Trübe
Denn alles in dir ist – Liebe

Allein

Allein
Mit mir
Nehme ich
Mich wahr
Mehr und mehr:
Meine Ängste
Meine Lügen
Meine Widerstände

Allein
Lerne ich
Mich nicht
Dafür zu bestrafen
Komme mir
Näher
Mit mir
Allein

Neuanfang

Pochen in den Adern
Kribbeln im Bauch
Spannung, Anspannung, Neugier
Abgeklärtheit? Abgestumpftheit?
Vorurteile
Hoffnungen, Ängste, Zweifel
Ziele, Anforderungen, Erwartungen
Natürlich natürlich sein
Hineinwachsen

Geboren

Geboren bist du – ungefragt
Du hast nichts dazu getan
Oder doch?

Gewachsen bist du – gereift
Du hast viel dazu getan
Oder nicht?

Alles trägst du in dir –
Es war dir mitgegeben
Und du machst was draus

Loslassen

Ich bring' es fertig loszulassen
Das ist gut so
Denn – so unbegreiflich
Es klingen mag
Durch Loslassen
Kann ich die Dinge fassen
Und das macht mich froh
Was wir glauben für immer verloren
Wird womöglich auf andere Weise geboren
Dies zu begreifen
Wird kommen der Tag
Das hilft mir zu reifen

Reifen lassen

In mir ruht so vieles
Was sich noch nicht herausgetraut
Es gärt und brodelt
Wann schafft es sich Luft?
Wenn's soweit ist

Stop

Ein langer Weg ist unser Leben
Alles ist uns mitgegeben
Doch wenn wir zu schwere Lasten heben
Fühlen wir uns zuweilen komplett daneben
Unser Rettungsanker verfängt sich in sinnlosem Streben
Schmerz, Wut und Trauer lassen uns beben
So suchen wir Zuflucht im Geist von Gerste und Reben
Sterben vor Sehnsucht, über den Wolken zu schweben
Vergessen darüber, jetzt zu leben
Damit dies nicht weiter geschieht
Sag' ich es eben

Grenzen

Fühlen

Grenzen ahnen
Grenzen erfahren
Grenzen überschreiten
Grenzen annehmen
Grenzen ziehen

Daheim geblieben

Ich bin daheim geblieben
Um zur Ruhe zu kommen
Meinem Sehnen zu entgehen –
Könnt' ich mehr lieben
Hätt' ich an Weisheit zugenommen
Klarer würd' ich sehen

Doch es ist, wie's ist
Es läßt sich nicht ändern
Es gibt Zeiten des Wachstums
Und Zeiten, wo du's vermißt
Wo du Angst hast zu kentern
Angst vor dem Schluß – rums

Hab Geduld mit dir und den andern
Glaube, daß alles so in Ordnung ist
Schenk dir Ruhe
Und du kannst stetig weiterwandern
Bis zum Ziel du gekommen bist:
Hoffentlich halten die Schuhe!

Veränderung

Schmerz und Trauer in mir
Über den Verrat an mir selbst
Sagen mir die Regentropfen
Der grau verhangene Himmel:
„Schau uns an
Auch uns mögen nicht alle –
Nur all jene, die davon abhängen
Wissen uns zu schätzen
Wenn wir zur rechten Zeit kommen“
Langsam
Finde ich zu mir zurück
Es ist – wie es ist

Einmal im Leben

Einmal im Leben
Möchtest du jemanden finden
Der an dich glaubt
Einmal im Leben einen Menschen
Der auf dich baut

Einmal einen
Der treu zu dir steht
Selbst wenn dir die Lebenslust vergeht

„Wo ist er oder sie?
Find' ich diese Person denn nie?"

Weiß Gott
Was hast du nicht alles unternommen!
Spieltest als Kind zum Beispiel den Frommen
Schautest andächtig zu Eltern und Lehrern auf
Nahmst Strafen und Prügel in Kauf
Verliebtest dich selten oder oft
Erlösung kam trotzdem nicht wie erhofft

Schließlich nahmst du dir einen Mann/eine Frau
(Oder wurdest genommen) – ihr bekamt Kinder
Nur lebtet ihr dadurch auch nicht gesünder

Wolltet nicht länger leiden
Und ließet euch eines Tages vielleicht scheiden

Doch setzte sich dieses Leiden fort
Lediglich anders oder an einem anderen Ort
Allerdings gemildert
Weil du einiges gefiltert
Von dem, was man dich hatte gelehrt
(Nicht alles davon war verkehrt)
Und von der Fehler großen Zahl
Machtest du nicht alle noch einmal …

Einmal – zurück zu deinem Wunsch –
Ein Wesen treffen
Das dich liebt
Dir Kräfte gibt
Dich nie betrübt!
Das brächte dir Glückseligkeit
Vergessen könntest du dann Angst und Leid!

„Wo bist du? Verdammt – herbei!
Erlöse mich und mach mich frei!“

„Hey“, hörst du da eine Stimme sagen
„Hör auf! Schluß jetzt – dich so zu plagen!
Ich weiß, wer's ist

Der dich liebt
Dich nie vergißt:
Die Person ist dir bekannt
Sogar ziemlich eng mit dir verwandt
Sie gibt es, seit es dich gibt
Erkenn sie – und ich geb' Ruh'
Diese Person bist nämlich DU“

Sag ja zu dir

Sag *ja* zu dir
Sag *ja* zum Leben
Und nimm dir
Was du dazu brauchst
So erst kannst du
Andern geben
Und wann es *nein* ist
Weißt du dann auch

Ja

Ich sag *ja* zu mir
Ich sag *ja* zum Leben
Und nehm' mir
Was ich dazu brauch'
Dadurch kann ich
Andern geben
Und wann es *nein* ist
Weiß ich jetzt auch

6 Zeit (en)

Zeit

Zeit, o Zeit
Ich hab' dich gern

Mit der Zeit ich vieles lern'
Komm mal her, daß ich dich drück'
He – wo bist du? Komm doch zurück!

Wie? So schnell verstrichen
Bist mir einfach so entwichen?
Kein Zurück mehr – ist das wahr?

Find' ich überhaupt nicht wunderbar!
Und der Tag sei schon gelaufen?
Das ist ja zum Haareraufen!

Stop – ich behalt', was wichtig mir heut blieb
Den Rest lass' ich laufen durch dein Sieb

Zeit, o Zeit
Ich hab' dich lieb

Der Augenblick

Da

Ein Wort
Zwei Buchstaben nur
Und weg ist er –
Der Augenblick

Ich kann ihn nicht halten
Kann ihn nicht beschreiben
Gut – laß ich's sein
Da fällt's mir ein

Ich kann ihn leben!

Der Frühling kommt

Die Sonne scheint
Wer sieht es nicht
Der Winter weint
Verliert sein Gesicht

Noch wehrt er sich
Streut nächtens Reif –
Zartgrauer Morgendunst – sehr frisch
Beläßt die Glieder steif

Doch überall – noch unbestimmt
Erwachen in der Luft
Die Kälte endlich Reißaus nimmt
Du schmeckst den neuen Duft

Erinnerst dich ans Jahr zuvor
Wie alles ist gewesen
Vergiß – leih den erwachten Vögeln Aug' und Ohr
Und lern im Jetzt zu lesen

Karfreitag ’95

Kein gewöhnlicher –
Sonne
Frühlingsatem
Gedanken an liebe Menschen
Innere Ruhe, Gelassenheit, Liebe
Aufräumstimmung

Der Schmerz von gestern
In mir geborgen
Angenommen
Lähmt mich nicht –
Aufbruchstimmung

Herbstwald

Luftbewegt und rostig bunt
Bedeckt der Wald der Berge Rund
Bald wird er – grau und kahl –
Nur noch Farbe zeigen, wo die Tannen stehn
Geh hin – an den Zweigen kannst du's sehn
Bereit sind die Bäume schon fürs nächste Grün –
Doch freu dich jetzt an der vergänglichen Pracht
An den gefärbten Blättern, die vorüberwehn
Und hab auch morgen ein wenig auf all das acht
Es wird anders sein – anders schön

Weihnachten 1

Weihnachten steht wieder vor der Tür
Ich kann wirklich nichts dafür
Am Weihnachtsbaum hängen genug Geschenke
Hoffentlich gibt's kein Gezänke

Weihnachten 2

Ach, es ist wieder Weihnachtszeit
Und die Herzen sind bereit
Weil der Geldbeutel steht weit offen
Diese Geschenke-Wut macht mich betroffen

Weihnachten 3

Weihnachten ist ein schönes Fest
Das die Kassen klingeln läßt
Beweis der Liebe, wenn ich hab' viel geschenkt
Der ist ein Schelm, der Böses dabei denkt

Weihnachten 4

Weihnachten – *ein Fest der Freude*
Nicht für alle Leute:
Was ist mit denen
Die draußen hausen
Während drinnen alle fröhlich schmausen?

Weihnachten – *ein Fest der Liebe*
Nicht überall:
Noch gibt es Orte, mein Kind
Dort kriegst du Hiebe
Und froh bist du, wenn es nur Hiebe sind

Weihnachten – *ein Fest des Friedens*
Vielleicht
Unter dem Kreuz des Südens?

Nein, mein Kind
Solange wir Menschen sind
Nichts, was als schlecht gilt, verschwind'

Nur – du kannst in stillem Gedenken
Dir selbst und deinen Lieben
Weihnachten schenken
Dazu – ganz gleich an welchen Tagen
Frieden – Liebe – Freude
In deinem Herzen und weiter tragen

Samstagmittag, 6.2.93

Die Sonne versucht
Den Schleier
Aus Dunst und Kälte
Zu durchbrechen
Als blaßgelbe Scheibe
Erhellt sie
Von Mal zu Mal
Die Erde
Und zieht sich wieder
Hinter das Grau zurück
Dabei hat sie
Mein Herz getroffen
Meinen Ängsten
Hoffnung gegeben
Und das Gefühl
Daß sie auch verborgen
Immer da ist

Sonntagmorgenstimmung

Sechs Uhr
Die Melodien des Klangspiels
Haben mich geweckt
Dazwischen das Zwitschern der Vögel
Angenehm kühle Morgenluft
Strömt durchs Schlafzimmer
Trotzdem
Gefühle von Trauer, Unzufriedenheit, Schwäche
Mein Liebes neben mir
So nah und doch weit weg
Ihre Nähe suchen
Sie wecken oder …
Zweifel und Unentschlossenheit
Plagen
Ich ringe mich durch
Stehe auf
Schreibe Tagebuch
Ordne meine Gedanken
Sehe klar
Und geh' wieder zu Bett
Es ist halb ACHT

Viele lange Jahre

zu zweit
allein
getrennt
vereint
gelacht
geweint

viele lange Jahre

aufgebaut
abgerissen
hingeschmissen
draufgeschissen

viele lange Jahre

geliebt
gehaßt
Chancen gewonnen
Chancen verpaßt
gehofft
gezweifelt

viele lange Jahre
gemeinsam gelebt
nicht gestorben
Zukunft erworben

Erlebnis der Zeit

Vergangenheit

Sie war –
Vorbei
Es war gut, so wie es war
Sieben Worte
Für jeden Tag der Woche eins

Gegenwart

Sie ist –
Jetzt
Es ist gut, so wie es ist
Sieben Worte
Für jeden Tag der Woche eins

Zukunft

Sie wird –
Vielleicht
Es wird gut sein, so wie es sein wird
Zwei Worte dazu

Für den Übergang der Zeiten
Und auch fürs Ich
Und für das Du

Jetzt

Die Verkrampfung weicht
Alles löst sich in mir
Fließt
Und ich spür'
Deutlich unterschieden
Das Draußen und Drinnen
Meinen Atem
Beides miteinander verbindend
Den Lufthauch um mich
Die Wärme meines Körpers
Das Pochen in meinem Innern
Ich bin eins mit mir
Allein
Gleichzeitig verbunden mit allem
Ohne drängendes Bedürfnis
Ohne Gedanken an morgen
Ohne Last aus dem Gestern
Eine zarte Wolke am Himmel
Läßt mich träumen

7 Gemischt (es) und Fragen

Erhörtes Nachtgebet eines passionierten Fernsehers
oder Das TV-Abendprogramm

Liebes Fernsehen – sei kein Otto
Bring mir nach dem Mord den Toto
Und so bitt' ich nach dem Toten
Auch noch um die Lottoquoten
Zeig mir dann etwas Politisches
Nach Möglichkeit nichts allzu Kritisches
Sowie viele Reportagen
Die mich gut verarschen
Und nach all den recherchierten Lügen
Soll'n die Wetterfrösche mich betrügen
Doch mein größter Wunsch – ich bitt' dich herzlich –
Ich würd's sonst vermissen schmerzlich
Sind vor, mitten und nach dem Film die Reklamen

AMEN

Bei Reichenbuch (im Odenwald)

Frühlingssonne

Etwas abseits der Straße
Sitz' ich
Mit guter Sicht
Und gut zu sehen
In meinem Auto –
Halbfertige Gedanken
Schwirren in meinem Kopf –
Ob die Grashalme
Vom Wind bewegt
Auch unter dem Geruch
Gedüngter Äcker leiden?
Ab und zu ein Wagen
Die Insassen
Schauen zu mir herüber
Und ich wünsch' mir
Daß aus meinen halbfertigen
Fertige Gedanken werden

K(l)ein(er)/großer Unterschied?

Mord und Gewalt
Seit es Menschen gibt –
Solange es Menschen geben wird
Schauen die „Braven"
Auf die, die es tun
Hochmütig herab
Ihr Urteil ist gefällt
Obwohl in jedem von uns …
Nur: Gedacht ist nicht getan …
Und – wem schadet der Gedanke
Das im Kopf, im Herzen Verborgene …
Die Täter
Der heimlichen Denker Stellvertreter?
Sozusagen Arbeitsteilung

Unsinn?

Als Träumer ohne Träume
Träum' ich so vor mich hin
Und nehme der Träume Schäume
Für bare Münze hin

Wann hör' ich auf zu träumen
So sinnlos vor mich hin
Hör' auf mit Zeitversäumen –
Erst wenn ich (noch) älter bin?

In dieser Welt

Ich richte mich ein
Im wohlgeordneten Chaos der Welt
In dieser strahlend schönen, sanften
In dieser grauen, grausamen, gefährlichen Welt
Und fühle mich mit ihr verbunden
Eingebettet in ein Universum
Funktionierend nach einem mir unbekannten Bauplan
Muß ich ihn kennen, um zu leben?

Spinnen

Es wuselt und krabbelt
Und hüpft und springt
Ich fang' es – es zappelt
Meine Absicht gelingt

Ich hab' sie im Glase
Bring' sie ins Haus
Betracht' sie genau
Nehm' mir ein Buch
Und mache mich schlau

Jetzt weiß ich
Was ich gefangen, mein liebes Kind
Es ist ein kleines Tierlein –
Ich glaub', daß es spinnt

Bergkristall

Strahlend
Glänzend
Bruchstückhaft vollkommen
Rätselhaft klar

Sonnenblume

Leuchtendes Gelb
Sendet Strahlen
Mein Herz
Antwortet mit Wärme

Deine tiefbraune Mitte
Beruhigt meine Seele
Dein Grün
Belebt meinen Atem

Du stehst da
Groß, stark und
Zerbrechlich
Genau wie ich

Nur ich –
Will noch lernen
Mit der Sonne zu gehen

Hände

Hände geben
Hände nehmen
Hände halten
Lassen los

Hände holen heran
Hände stoßen ab
Hände streicheln
Bereiten Schmerz

Hände sind stark
Hände sind schwach

Männerhände
Frauenhände
Kinderhände

Warme Hände
Kalte Hände

Hände sind immer zu zweit

Wunderbar – wenn sie zu viert

Kinder

Kinder
Strahlende Augen
Helles Lachen
Die Arme vor Freude
Emporgestreckt

Kinder
Traurige Augen
Die Arme aus Kummer
Herabbaumelnd
Von einem Augenblick
Zum andern – ohne Grund
Doch nur zum Schein

Jedes ein Geschenk
Geliebt oder unbeachtet
Unser höchstes Gut:

Kinder

Wohin?

Der Wind zerzaust die Bäume
Fegt brausend durch alle Räume
Ich stelle meinen Kragen hoch
Versteck' meinen Kopf
Zwischen den Schultern noch
Und trete auf die Straße –
Regen klatscht in mein Gesicht
„Oh, wie ich das hasse"
Wohin ich gehe, seh' ich nicht
In der schmalen Gasse
So streb' ich vorwärts
Gleich einem Blinden
Hoffend, meinen Weg zu finden

Mitgefühl mit mir selbst

Empfindsamer
Für die Verletzungen anderer
Verberge ich
Noch immer die meinen
Hinter liebevoller Zuwendung
Und unverständlichem Rückzug
Obwohl ich weiß
Hab's selbst erfahren
Befreiung ist
In der Öffnung
In der Anerkennung meines Selbst
In der Überwindung der Angst
Vor Verlust und Schmerz
Befreiung
Auf die ich mich
Schrittweise zubewege

Inhaltsverzeichnis